누군가의 누군가는

황금알 시인선 150
누군가의 누군가는

초판발행일 | 2017년 6월 30일

지은이 | 김원욱
펴낸곳 | 도서출판 황금알
펴낸이 | 金永馥
선정위원 | 김영승 · 마종기 · 유안진 · 이수익
주간 | 김영탁
편집실장 | 조경숙
표지디자인 | 칼라박스
주소 | 03088 서울시 종로구 이화장2길 29-3, 104호(동숭동)
물류센타(직송 · 반품) | 100-272 서울시 중구 필동2가 124-6 1F
전화 | 02)2275-9171
팩스 | 02)2275-9172
이메일 | tibet21@hanmail.net
홈페이지 | http://goldegg21.com
출판등록 | 2003년 03월 26일(제300-2003-230호)

값은 뒤표지에 있습니다.

ISBN 979-11-86547-66-3-03810

*이 시집은 한국문화예술위원회, 제주특별자치도, 제주문화예술재단의 지원을
받았습니다.
*이 도서의 국립중앙도서관 출판예정도서목록(CIP)은 서지정보유통지원시스템
홈페이지(http://seoji.nl.go.kr)와 국가자료공동목록시스템(http://www.nl.
go.kr/kolisnet)에서 이용하실 수 있습니다.(CIP제어번호: CIP2017013660)

# 누군가의 누군가는

김원욱 시집

황금알

세 번째 시집을 묶는다.

난해하게 말하고 싶은 적도 있었다.

현란하게 수사修辭하고 싶은 적도 있었다.

이순耳順이 되어서야 삶의 여백과 정제의 의미를 생각한다.

지나온 일들은 모두 허상일 뿐.

앞으로 살아갈 일이 덤으로 남는다.

2017년 3월
김원욱

# 차 례

## 1부  누군가의 누군가는

## 2부 물살을 가르며

## 3부 떠도는 달

## 4부 먹쿠슬낭

# 1부

## 누군가의 누군가는

# 몸속의 우주

내가 한 점 먼지였을 때
그저 맨손뿐인 작은 외침이었을 때, 흔들림이 흔들림
으로
침묵은 또 다른 침묵으로

소멸의 예감인 듯 켜켜이 쌓여서
투명한 빛깔들 내밀한 저쪽 소리에 귀 기울일 때
나는 생각의 이쪽에서 사각사각 시간을 지워갔었지

창밖은 온통 시간의 무덤뿐
들리지 않는 은하계 음파 같은
한사코 창가에 기대는 바람 소리 같은

그 겨울, 말라 터진 혓바닥으로 시공의 문을 열어젖히
다가
별무리 도란거리는 썰물 근처
잠든 달빛 깨우는 세포들의 반란을 목도하다가

억겁 저 멀리 적요의 그늘

그리운 허상 하나 자리하기까지
싱싱하게 살아있는 거대한 침묵을 바라보기까지

# 기원정사에서 길을 잃고

기원정사 대웅전은
바다와 하늘 중간쯤 높이 떠 있다.
하늘로 오르는 사다리라도 있는지
어느새 바다와 맞닿아 있다.
붓다의 자비는 높았다 낮았다 하는 것인지
해수관음상 옆길을 도망치듯 빠져나오다가
그만 길을 잃어버렸다.
꿈인 듯 눈 앞에 펼쳐진 사다리,
누가 보았다던 영가인지
아니면 누가 돌아오는
어느 정토의 초입인지
일몰에 묻혀 가야 할 길이
아득히 멀다.

# 누군가의 누군가는

누군가의 어머니 아버지
누군가의 삼촌
환하게 웃고 있는 사진 속
누군가의 누군가를 만지고 또 만지는
누군가의 뼈,
꽃잎에 섞여 바삭거리며
누군가 울고 있는
누군가 떠나지 못하는
누군가 눈물의 글 남기는
누군가의 누군가가
잠시 머물다 떠난 그리운 땅
그리운 숲 그리운 하늘
한때 두근거리며 찾아갔던
누군가의 집
빗물에 젖어 정처 없이 걷던
이 지상 낮은 길들 죄다 젖어서
누군가를 마냥 그리워하는
양지공원 추모의 집 106실,
알 것만 같은 누군가의
누군가는.

# 문득, 꽃잎


꽃집에서 전화를 걸 때

꽃잎이 분칠할 때
꽃잎이 목청껏 노래 부를 때
꽃잎이 요염하게 눈짓할 때
꽃들이 꽃들끼리 꺼이꺼이 울어댈 때

꽃잎도 그리움이 있는가
꽃잎도 기다림을 아나 봐 멀리서,
지척인 듯 찰랑거리던 물소리
지귀도地歸島 마주한 고망물*처럼 푸르러지나 봐
푸르러서 깊어지나 봐
이 지상,
허망한 외침들 죄다 깨우면서

한여름 은하별 빛을 더할 때
꽃집에서 꽃잎에게 전화를 걸 때

이 전화는 없는 번호입니다……

문밖에서 문득,
꽃집을 기웃거릴 때

* 고망물: 제주도 서귀포시 남원읍 위미리 해변에 있는 용천수

# 무심에 대하여

홀로 서 있고 싶은 거다
넉넉하게 노을도 보고 별빛과도 대화하면서 은하계 저
쪽 소식도 듣고 싶은 거다
섬 가득 빽빽이 들어선 소나무처럼 키 재기 하는 소질
은 없으니

그냥 놔달라는 거다 자꾸만 키 재기 하라면 어느 횟집
수족관 속에서 파닥이다가 침 흘리는 그분을 위해 탁,
피 흘려주고 싶은 거다

시원하게 한세상 살 수는 없는 건지
날이 갈수록 육신은 무디어져서 무능인지 무식인지 모
르는, 가야산 풍경소리인지 파도소리이지 자꾸만 헷갈
리는

바람 소리 물소리 새들의 울음까지
땀에 젖은 축축한 옷깃까지

깊숙이 자리한 살들의 촉수처럼 안으로만 쌓여서

더는 아프지 않게

오래도록 적막에 묻히고 싶다는 것이다

# 거룩한 한때

오랜만에 찾은 오일시장

돼지불알 먹고 싶다는 김성수 시인,

둘이서 식당에 앉아 막걸리 들이켜며
양념에 잘 버무려서 나온 한 접시 불알을 연신 씹어대
다가

원초적인 살 냄새가 내 것인 듯해서 일어서려는데

늙을수록 힘이 있어야 한다며 기어코 남은 안주 싸들
고 따라나서는

시장 모퉁이 화장실 들러
깊숙이 감춰둔 질긴 물건 조심조심 만져보던
거룩한 한때

# 시신이 되어

제주시청 뒷골목 종로이발관

어디서 본 듯한 얼굴 하나 누워 있네

이발대 위 면도날은 분주히 움직이고

이승의 검푸른 때깔들 모조리 잘려나가네

어느 하늘이었는지, 꿈을 꾸고 사랑도 하고

차렷 자세로 정직하게 누워서

죽음 같은 이별을, 서슬 푸른 칼날의 촉감을 느끼네

삶의 껍질처럼

은하의 별들 무수히 쏟아져 내리는 거울 속

내 몸인 듯 이름 없는 허상 하나 뒤뚱거리며

세상 밖으로 걸어나가네

# 근원

문중회지 편집 맡고 나서 신열을 앓듯 먼 곳을 바라보
는데

연안에서 한양까지

물굽이 건너 제주까지

보일 듯 보일 듯

까마득한 그 날

# 거울은 투명하다

네가 내 안에 있을 때

어느 날 내가 너 안에 들었을 때

나는 네가 아니고 너는 내가 아닌데

돌아보고 또 돌아보아도 온전히 서 있는,

밤새 뱉어놓은 토설을 쓸어내다가

무심히 바라보는

투명한 저쪽 하늘

# 날마다 꽃을 치네

울혈 맺힌 가을날, 꽃을 치네
시퍼런 낫으로
선혈의 살점 쳐냈네

흘러내리는 진물을 따라
어느 깊은 곳에서 솟아오르는 순백의 꽃잎
잘려나가는

절망에 젖은 파출소 화단
나는 잘렸네, 꽃에게
서슬 푸른 낫을 휘두르며 또 다른 꽃을 보네

잘린 것들은 잘린 것들끼리
아직 살아있는 것들은 살아있는 것들끼리
빈 하늘 언저리

세상은 온통 아우성뿐

날마다 맑은 꽃을 치네

이 악물고
악물고 쳐냈네
치고 또 쳐도 솟아오르는 그 꽃을

# 변기에 앉아

꿈 깬 새벽, 우주로 간다
태양계 지나 은하계까지 찰랑거리는
적요의 바다까지

창밖을 보라, 은하철도999 옥수수하모니카 깊은 산
속 옹달샘 사과 같은 내 얼굴 꽃밭에서 올챙이와 개구리
검은 고양이 네로 엄마 돼지 아기 돼지 누구일까요, 싹
싹 닦아라 나처럼 해봐라 퐁당퐁당, 그대로 멈춰라

잠시 동심에 들어
우주의 분비물처럼 흘러내리다가

# 절규

미술관에 가면 뭉크를,

만날 수 있다는 말

뭉클해서

뭉크, 뭉크, 되뇌다가

오슬로 외진 거리 불타오르는 단풍잎은 아닐까

내자동 로터리 차 벽에 막힌 촛불은 아닐까

뒤뚱거리며 창밖에 나선 육순의 몸뚱이

지천으로 피어난 야생화 무리에 섞여서

묵언처럼

색채들의 비명을 듣는

산하山河 저녁

# 칼의 소리

동문시장 칼가게

온종일 칼을 가는 주인아저씨 곁으로

오가는 사람들 모여들어 다 함께

스윽 스윽,

썩은 살점 도려내는 소리

# 쓰레기를 치우며

며칠 집구석에만 있다가 시청 어울림마당으로 세상구
경 나가서 촛불 들고 모여든 사람들과 한참을 어울리다가
기분도 식힐 겸 캔맥주 사 들고 집으로 들어서는데
거실 입구에 턱, 지켜선 아내

쓰레기 정도는 버릴 줄 알아야 하지 않겠느냐며 내놓
는 꾸러미

치켜뜬 눈을 피해 얼른
들고나와 한전 뒷골목 지날 때

날 선 가로등 밑 수거함을 지키고 있는 감시원,

조심스레 백수의 흔적을 분리하다가 땀에 젖은
겨드랑이 사이로 바라본
적의敵意 하나

# 맛나식당

겨울비 내리는 보성시장에서 만나자
골목길 따라
맛나식당 찾아서 순대 한 접시,
이를테면 누구의 늙은 내장까지 꼭꼭 씹어서
짐승의 입으로, 목구녕으로
그 음습한 내장 속으로
그곳에서 만나자
겨울비 소리에 맞춰서 멀건 막걸리 한 사발
후룩후룩 들이켜며
보글보글 끓어오르는 위벽을 뚫고 만나자
누가 누구인지,
수많은 무리들 뚫고
기어코 소리 내어 만나자
저항의 유산균들 광화문 앞 벽을 치듯
나의 소리,
나의 노래를 만나자
소리가 소리를 무너뜨릴 때까지
썩은 내장 허물어질 때까지
만나자,
겨울비 추적추적 내리는 보성시장 외진 구석
빗물이 늙은 위벽을 때리는 겨울날 오후

# 2부

물살을 가르며

# 모슬포

모스~~을,

넉넉한 어감 따윈 모른다 하자
제주들판 외진 곳
휑한
바람인가 하자

포~, 하고 한숨 뱉고 나면
섯알오름 휘감아 도는 비명인 듯
까마득한 날
큰 바다가 토해 낸 포말인 듯

세한도의 여백 묻어나는 이승 끝자락

스멀스멀 멀어져가는 신기루 같은 ㅁ을,
모슬포라 하자

# 섬에 들어

누구라도 제주에 오면
섬이 된다

비가 촉촉이 내리는 날이면
〈24時뼈감탕〉 집에 앉아 나누는 막걸리 한 사발,
강중훈 선생의 내밀한 '겨울밤'을 들여다보기도 하고
홍성운 시인의 '마라도 쇠 북소리' 듣는다

홀로된 이방인처럼 마라도에서
이어도까지

늦가을 건너며
눈시울 뜨겁다

# 금잔화

아무도 없는 섬에서 벌거숭이 내 몸을 보니 상처뿐이다
  아직 살아있는 것들은 봄이 왔다고 서로 물고 당기다
가 싱싱한 원수原水처럼 솟아나는데
  지구의 모퉁이

위태롭게 딛고 있는 두 다리, 가슴과 목울대까지

섬이니까
외로운 흔적은 아닐까
내 안 깊숙이 겨울을 이겨낸 푸른 잎사귀라면 어쩔까

아득한 날 가야산 자락 빛바랜 삶의 끝, 서러움이
서러움을 넘어 그래도
살아야 한다고
든든히 서 있어야 한다고

함박눈 내리는 흐린 날
눈물도 이쯤이면 되겠지 자위하다가
아무래도 섬이니까

풍랑 속 세상은 온통 상처일 거라고
금잔화처럼 흔들리는 거라고

내 몸 언저리마다 삐죽거리는 상흔,

그 내밀한 안쪽을 가만히 들여다보다가

# 밤비에 젖어서

내 안 깊숙이 은하별 뚝뚝 떨어지는

나뭇잎 퉤퉤 가래를 뱉어내는

가로등 불빛 신음처럼 색색거리는

파도는 촐랑촐랑

뱃머리 도항선 두런두런

온 세상 들떠서

세찬 음파에 속절없이 쓸려가는

섬마을 파출소 앞마당

# 마라도

누구신지
떠나지 말라, 마라 마라라 하는
어디선가 보았을 것만 같은, 더불어 솟아나고만 싶은
그래도 와리지* 말라, 마라, 마라라고
말라, 마라라 하는 어감은 왜 그토록 부정적인지
어쩌다 부정은 한 점 긍정이 되었는지
사바의 끝자락에 부딪히는 해탈한 누님의 거센 오줌
줄기, 그 곁에서
은밀하게 파도의 긍정을 엿보다가
적멸의 법칙 같은 외로움만 남아서
세상 으스러질 만큼 제발 떠나지 말라고, 마라, 마라
라고 외치다가
우주의 초신성인 듯 발광하며 들앉아있는
큰 시인의 그늘 한쪽

* 와리지: '서두르지'의 제주어

# 마라도에 서면

지구의 외진 곳

수많은 빛깔이, 무지개 같은 이름이

살레덕과 자리덕, 억새 홍얼거리는 들길, 거북손·돌
미역·짬뽕·해녀촌·명품 마라도에서·가파도 좋고 마
라도 좋고·심봉사가 눈뜬 해물 맛집·자장면 시키신
분·환상의 짜장·혼저옵서예·뼛속까지 시원한 웰빙
국수

학생 두 명뿐인 분교를 지나 하늘 가까운 쪽 동산 위
성당과 교회, 그 중간쯤 금방 바다에 잠길 것 같은 기원
정사 뒤로 등대 불빛은 육십갑자처럼 돌고 또 돌고

어쩌다 뿌우~ 뿌우~ 울어대는 뱃고동소리까지

스러지고 쓰러지는 절벽 위
풀 포기 하나
아득히 사라져 가는 일몰의 기억까지

남대문 할망당 양지 서바당 팔도 제일 최남단 별장타운

널브러진 들국화와 솔잎 향, 물굽이 사이
서러운 이름들

뱃길 끊기고 나면
남아있는 것들끼리 몸 비비며 꿈을 꾸듯
파도소리에 귀를 여는

# 우도에 들다

바다 건너

해물맑은탕

새우 전복 소라 문어 쭈꾸미,

꾸물럭거리는 저쪽

# 우도에서 하룻밤

아내, 라고 하는 말에 성수 형은 입에 거품을 문다

우도, 라는 말도 꺼내지 말라고

멀리, 훨훨 타오르는 산자락은 쳐다보기도 싫다고

울컥울컥, 몇 해 지나고

한기팔 나기철 시인과 함께 우도에서 하룻밤,

빈 소라껍데기에 세든 게드레기처럼 꿈을 꾸다가

파도야 됐다 다 지난 일이다, 됐다 파도야, 그만*

붓다의 화신인 듯 무심히

바다만 바라보는

* 김성수 시인의 시집 『석양에 한잔 – 섬 · 3』에서

# 물살을 가르며

한림항 떠난 비양호,
내 삶을 가르듯
바다의 한복판을 질주한다.
노래미 어랭이 고등어 한치
비양호 꽁지를 따라간다.
가끔 은비늘 번쩍이는
멸치 떼, 뱃전에 치여 폭발한다.
억천만겹 발광하던 무리들 흩어지며
반짝반짝 노을 건너
성큼 다가서는 13분,
형체도 없이 흩어지는 나로호의 잔해인 양
비양포구 안팎에서 한사코 스러지는
하루살이 떼,
큰 세상에 들어 빙빙 원을 그리다가
뱃전에 부딪히다가
너울너울 바다의 심연으로 가라앉는
물비늘,
이때 방파제 위로
던져지는 닻줄,

찰나의 삶도 숨죽인 듯
물속으로 툭 하고 내던져진다.
노을 건너 성큼 다가서는 13분,
나의 삶이 기우뚱
한림항 불빛 속으로 튀어 오르고
노래미 어랭이 고등어 한치
바다 가득 물비늘 반짝인다.

# 징징징징

징징징, 바다가 운다
어떤 한 사람
바다가 왜 우느냐고
왜 징징징 울어야 하느냐고
덩달아 운다

바다가 떠난 자리
썰물 같은 달빛 징징징징
떠다닌다 섬이,
외롭다는 섬이 더 외로워진다고

내 어린 여섯 살
물허벅 지고 고망물 가신 어머니 기다리다
목 놓아 울던

징징징징 함께 울어대던 동생 기욱,
깊고 깊은 눈망울
그저 징징징 사리 물에 잠기는
초가을 오후

# 눈발처럼

겨울 섬, 눈발이었으면 좋겠네

보일 듯 안 보일 듯

설익은 싸락눈이어도 좋겠네
빗물에 섞여서 뼛가루처럼 흩어진다 해도
혈맥 속 깊숙이 박혀 오도 가도 못한다 해도

등대 앞 절벽 위
큰 세상 향해 화풀이하듯
안녕,

마지막 말 던지고 떠난
꽃잎 같던 그녀처럼
적멸의 바다로 흘러내리고만 싶은

이승 끝자락

시공을 건너온 거친
눈발처럼

# 봄 !


무사?

섬에 ᄀ만이 잇주 무신거 ᄒ젠게*
저 ᄑ릇이 물오른 거
젯가슴 봉긋ᄒ 똘내미 보젠 ᄒ염수과

돌칸이 바위틈,
냉이 달래 갯쑥 갯씀바귀 민들레 돌나물 유채 갯잔디
처녀고사리

무사, 무사게?


* 무신거 ᄒ젠게: 무엇을 하시려고, '보젠 ᄒ염수과'는 보려고 하십니까, '무
  사, 무사게'는 왜, 왜 그래의 제주어

# 검멀레의 봄

마라도우꽈, 여기 소섬이우다
그디서 난생 체얌 암내 맡은 몽생이추룩* 홰싸그네 내
돌리던 것덜 요기꺼지 와수다게 섬 구석구석 아주 난장
판이라마씀

그 겨울 낯선 기계음 사이 인동초처럼 말라서 꽁보리
밥 눈물 송이로 쌓이던, 다가설 수 없는 저 단단한 밑뿌
리는 얼마나 먼 곳일까

생채기만 남은 검멀레 외진 들녘 굼뜬 풋나물, 성긴
햇살에 도톨도톨 말려서 되새김질하는 늙은 암소의 거
친 엉덩짝 같은

* 몽생이추룩: 망아지처럼, '홰싸그네'는 눈에 불을 켜고의 제주어

# 하르방 어디 이수과

하르방 비문 보단
난 어디서 어떵 와신고 고민ᄒ는디
꿈사리ᄁ지 무사 경 사름 ᄆ음 뒈싸놈신디
어떵ᄒ코
ᄌ줌도 안 오고 아멩헤도 강 봐사주

무신건지 몰르크라
서홍경西烘境 향교전鄉校田 임자원壬坐原, 가마뜩ᄒᆫ 질
들어가젠 헤도 들어갈 수가 잇어사주
무사 경 밀어내는지
어떵ᄒ여게
강셍이추룩 낭 트멍으로 기엉 비석 앞이 갓주

꿈인가 햇주 눈앞이 보난
유향좌수김공지묘留鄉座首金公之墓

질이 여기여
원체 있던 디가 여긴디
봉분 옆 동자석ᄒ고 ᄀᆯ이 질그렝이 산 있단 보난

두 종겡이가 빳빳헤비언

급자기 저슬비 ᄂ리고
무덤 옆 밀감낭 트멍 촛불 막 타오르는디
몰르크라
그 옛날 어지렁홀 때 횃불 들당 엇어진 구신덜추룩

히여뜩훈 시상 어떵ᄒ코

하르방, 하르방 어디 이수과

# 게메마씀*

ᄒ게?

게메 예

헤불게 이?

게메 말이우다

무신거 셍각ᄒ지 말앙 헤불게 게?

아이고 어떵ᄒ코 예

슬짝ᄒ게 이, 이?

게메, 게메마씀……


* 게메마씀: 그러게 말입니다의 제주어

# 3부

떠도는 달

# 빈집

먼지 쌓인 재봉틀 돌아가는 소리

떨리는 선반 위

헌 고무신 한 짝

# 에덴요양원


어머니,
집으로 돌아가고 싶다던 말

눈물 밥 말아 먹던

위미교회와 서광사, 그 옆 태룡민박

자꾸만

눈길이 가는

# 빈들에 서서

누군가 차가운 빈들이라 했네

마라도와 비양도쯤

흔들리면서 마냥 휘날리면서

눈물에 갇힌 그리운 집,

요양원 어머니

모태처럼 일렁이는 빈들에 서서

# 어떤 겨울


나는 외삼촌을 모른다

따다다다다다……, 싸락눈 내리는 밤
영문도 모른 채

어머니 손에 이끌려서

호롱불 매캐한 외할머니댁,
제문도 영정도 없이
우두커니 제상祭床만 바라보는 두 모녀

숨 막히는 적막을 떠나 지서 앞 지날 때
살얼음 건너듯
온몸 저리던
여덟 살

# 어느 꽃잎에 묻히던 날

깜박, 어느 꽃잎에 들었네
꿀벌처럼

지상의 환한 것들
꽃등 밝히며
아픈 것들끼리 고운 빛 모아 살아가는
꽃잎을 보겠네

아득히 하늘이 어두워질 때
저편의 일들이 꿈인 듯 되살아나고
화로 속에 무심히 들앉아 쿨럭쿨럭 기침하는 뼈,
그리운 뼈들에게
알 것만 같은 손짓들에게 사랑한다, 말했네

뼈들은 저들끼리 토닥거리고
멀리서 어쩔 줄 모르는 아내와 아이들,
천상의 따뜻한 얼굴을 보았네

누군가 안녕이라고

집채만 한 술, 잔을 높이 들었네
덥석 받아 마셔버린 **뼈**들,
취기 속에 갇혀서 오도 가도 못하는

**뼈**들에게 고맙다,
먼 곳으로 흘러내린 살들에게도 고맙다, 고맙다고
인사를 나눴네

길은 분명했네
은하계 빛깔의 작은 나무 한 그루, 그 뒤란에서
남몰래 숨었다 날아가는 별처럼

깜박,
어느 꽃잎에 묻히던 날

# 달과 함께

섬 기슭에서 어슬렁거렸다

누구의 젖가슴인 듯

무심히

스러지는 억새인 듯

# 추석, 달 가네

다시는 안 볼라 했는데

저것이,

신바람 나서 궁둥이 흔들어대는 저것이

그냥 눈물이거니 했는데

왜 저리 온몸 드러내놓고

우주의 중심으로 기울어 가는지

섬 가득 밀물,

허물어지네

# 상현달이 뜨고

성스럽게

비양도 펄랑못가

꽃잎 따라 흐르다가 기별도 없이

성큼

떠내려와서

날 선 파출소 뒷마당

비파나무 근처

# 떠도는 달 1

빗쟁이에 쫓겨 무작정 찾아간 낯선 땅, 거처할 곳 찾
아 성城 안을 돌아다니다가 비명에 젖은 촉석루, 서슬 푸
른 꽃잎 바라보다가

막다른 남강 변

# 떠도는 달 2

백수인 줄 모르고 찾아온 그녀, 첫날밤
자갈 구르는 바닷가

꿈을 꾸듯 며칠,
그녀 떠날 때
차비 한 푼 없어서 바래다주지도 못한

해 지나고 여름, 진주 상평공단

눈물로 얼룩진 강둑 위

# 떠도는 달 3

해석형 만나러 합천 갔다가 혹여 아는 이 있을까 봐 몸
을 숨기고 있었는데
　김형 갑시다, 팔을 잡아 이끄는

　합천경찰서 장 경위와 함께

# 떠도는 달 4

일타스님 뵈러 귀족암 계단 오르다가

까마득한 곳

성철스님 다비장 바라보다가

바람에 실려 온 꽃잎 하나,

묵언처럼

떠도는 처마 끝

# 떠도는 달 5

집 떠났던 어머니 서귀포로 돌아와 잠시 남의 집 셋방
에서 바느질할 때

낯선 하늘,

기웃거리던 창가

# 떠도는 달 6

    고명호와 함께 찾아간 야영장, 두 해째 칩거 중인 현용
식 시인 텐트에 앉아 위미항 방파제에서 낚아왔다는 벵
에돔 포를 뜨고 씹어대는데 자꾸만 파닥거리는, 내 살점
인 듯해서 홀로 텐트를 나와 불나방처럼 돌아다니다가
벵에돔 깊은 눈망울, 돈내코 푸르른 물에 몸을 눕히던

# 떠도는 달 7

　퇴근 후 해석형과 술잔을 나누다 내일 거창 법원 간다
며 일어서는데 기어코 붙잡아서

　황강 변 체육공원 갔다가

　눈물 젖은 아내, 토닥거리고 있는 김숙희 시인

　강둑에 나앉아 짐승처럼

　울부짖던 밤

# 4 부

먹쿠슬낭

# 달팽이

새벽 파출소 앞마당 쓸어내다가
문득, 늙은 무화과나무 밑동을 바라보다가

수액 마른 빈 가지
등 굽은 달팽이 한 마리, 꿈틀꿈틀

풍경 소리에 귀가 열린 듯

내 안 깊숙한 밑동까지 밟아 내려가는
발걸음 소리 듣다가……

# 젤라의 꽃*에게

오랜만에 시집을 꺼내놓고

부끄러웠던 지난날

죄다 꺼내놓고

젤라의 꽃,

눈부신 영체가 되어

침침한 미명 속 외침이 되어

우주의 모퉁이, 아슬아슬 떠내려가는 새처럼

한 점 먼지가 되어

* 젤라의 꽃: 나기철 시인의 시집

# 제비와 함께

봄이 되어
아파트 베란다로 찾아온 제비

공중에서 길을 잃었는지
새끼를 지키기 위한 마지막 저항인지 자꾸만
거실 창에 머리를 찍는데

꽁꽁 숨어서
먹이를 기다리는 초경 지난 제비 한 마리,

온몸으로 막아서는 안방

# 아가리

서른 다 된 아들 시험 떨어지고 밥해 주던 날
눈물이 났네
내 헐거운 아가리에도 밥 한술 바쳐야 하고

햇살이 송글송글 맺힌 밥 알갱이가
폐부를, 뼈마디를 쑤셔 와서
붉게 물든 서녘으로 속절없이 허물어졌네

잠시 생멸의 수족관을 들여다보다가 바동거리는
고등어 무리와 함께
아가리를 쉴 새 없이 씰룩거리다가

밥~ 밥~

뼈를 태우던 저쪽
헉헉거리며 눈물의 사다리를 오르내리셨을 아버지

지친 그림자에 매달려있는
저, 저, 저, 아가리

# 그가 오신다
— 김해석

추억의 여름날, 그가 오신다
새하얀 빗줄기 타고

반백의 머리칼 휘날리며
가야산 가까이
그윽한 영상처럼 오신다

함벽루 연호사 건너
남정강 푸른 물,
벌거숭이로 나뒹굴던 은모래밭

그가 오신다 빗줄기 타고
성큼성큼
잘도 오신다

# 가을, 뒤란으로 오시다

햇살에 갇힌 파출소 담장 안

앙상한 무화과나무 가지 끝,

추한 몸뚱이 매달려서

이 지상 햇살 죄다 가릴 때까지

은하銀河의 음습한 내장과 실핏줄을 지나

　제주시 서광로 고신경정신과의원 후미진 뒷방, 뚝뚝
피 흘리는

　늙은 무화과나무 이파리 한 잎

　절룩거리며 뒤란으로 오신다

# 단풍에 기대어

무심히
생각을 비워버리는

생각을 생각하다가 처음처럼 문득
놓아버리는

빛깔에 묻힌 꽃잎 사이
또 다른 생각 떠올리다가 추한
몸뚱이 비워놓다가

무심히 떠난 어느 분 침묵처럼
켜켜이 쌓인 시공時空

고사리 같은 빛깔에 섞여
와자지껄
부서져 내리는

# 억새에게

알아, 그대 살아 있음은
매서운 파도와
서걱이는 울음소리 때문이었을 거야
흐린 눈 말갛게 닦인 채
빗물로 흐르거나
숭숭 뚫린 돌담 사이로 날을 세워 흐르다가
그리운 하늘
그리운 들판에 다시 태어나거나
그래 알아,
섬 가득 푸르름이 일렁이는 날
눈부신 기쁨으로 흔들리는 우리
뜨거운 내 안에서 솟아나던
그 억새

# 오승철 시인에게


오랜만에 친구와 통화를 한 후

멀리

위미마을 초입,

흐린 눈 아릴 때까지

늙은 무화과나무만 바라보다가

설익은 하늘, 빙 빙

고추잠자리

# 강정에 서다

강정江汀,
철철 넘쳐흐르던 수로의 물줄기 푸르른
그 여름
시원始原의 깊은 곳에서 솟아나는 아우성
누구의 노래인지
핏발 선 눈망울과 불끈 쥔 두 주먹
삼춘, 삼추우운……
정겨운 얼굴들 수면 위로 떠오르는
이 땅의 허리 나누어져서 너는 너, 나는 나
결단코 지켜야 한다고
일어서야 한다고
생사를 가르는 통곡의 벽처럼 견고한 트라우마,
막 피어난 코스모스 향에 취해 어디론가 자꾸만 흩날
리다가
물길에 갇혀
이쪽과 저쪽 중간쯤 경계에 묻히다가
아스라이 멀어진 강정,
위태롭게
깊고 깊은 물 위에 서다

# 파치밀감

아내 성화에 못 이겨 따라나선 식당

장모님 뵙자마자 파치밀감이 떠올라서

매번 왜 파치만 주시냐고 여쭈었는데

며칠 뒤 아내가 들고 온 한라봉,

볼품없는 내 얼굴만 같아서

한 개 집어 들고

쭈그러진 껍질 벗겨내다가 괜스레

설움이 밀려와서

# 공황장애

잠시 잊고 있었다
어느 도원桃源에 들어있는 것이라 생각했다

오십 넷 추한 육신도 자꾸만 기울어가는
치안센터 담장 옆

'울기 좋은 곳을 안다'는
이명수 시인 집필실 쪽 바라보다가
삶은 빌붙어서 살아간다는 걸 알았다

온종일 길 잃은 고양이들과 눈 맞추며
살아가는 연습을 하다가
울고만 싶어서
나눠주던 멸치 몇 마리 안주 삼아 술 한 잔 마시고 나면

오늘 밤은 잠들 수 있을지

위태롭게 살아가는 마음 한쪽이
허공처럼 커간다

# 촛불은 타오르는데

가슴 조이며 TV 화면을 응시하던 토요일 밤,
서울 하늘 수놓은 십자가의 발광처럼 활활 타올라서
광화문 거쳐 내자동 로터리까지

부끄러운 내 손 되돌려달라고 제발
툭툭 털고 낮은 곳으로 떠나시라 외치다가
아무도 눈길 주지 않는 차 벽 옆
자꾸만 눈에 밟히는

아버지, 저 내자동 로터리에 있었어요 맨 앞에서……,
무척 힘들었어요
꼬박 밤새우고……
빨리 집으로 가서 식사하고 잠자고 싶어요

주일날 오전, 아들 녀석의 전화

흐릿한 안경 너머
무너져 내리는 지상의 겨울

# 새벽을 바라보며

눈이 내렸나

집 건너 경찰서, 그 너머 문예회관

바다 한쪽 가로막은 빌딩들까지 누가

미망의 창을 닦아놓았나

# 먹쿠슬낭*

위미爲美 우친내, 어린 한때 몸 들었던 초가 담장 옆

먹쿠슬 열매 떨어질 때마다 주머니 가득 파도소리 주워담던 그날처럼 하늘 가까이 걸려 있는 한라산, 저 눈녹으면 푸르르르

이파리 돋아나고 큰 바다 일어서서 오겠지

* 먹쿠슬낭: 멀구슬나무의 제주어

해설

# 구원의 서정, 고통의 미학

강 영 은(시인)

## 1.

슐라이어마허는 그의 저서에서 종교의 본질을 무한자(우주, 신)에 대한 '절대 의존의 감정'으로 보고, 인간은 '무한자의 거울로서 자유롭게 자기를 실현하는 것이 옳다'고 말한 바 있다. 이러한 슐라이어마허의 말은 구원과 자기실현을 목적으로 둔 시인에게 있어 시詩의 내질과 비슷한 의미를 지닌다. 김원욱 시인에게도 동일한 목적성이 엿보이는데, 일찍이 「나의 문학을 말한다」라는 산문에서 '구원으로서의 문학'을 표방한 적이 있을 뿐 아니라 인간의 삶에서 필연적으로 나타나는 부정적인 상황을 되 비추거나 토설함으로써 무한자의 거울처럼 자신의 삶을 반영하기 때문이다.

이전의 시편들이 '말 이전의 것들이 제 몸으로 드는 자발적 위리안치' 안에서 구원을 간구하고 있다면, 이번 시집에서 연동되는 시말들은 타력적 구원에 자력적 구원을 결집하는 시공간을 통하여 자기 목적성에 합일하려는 태도로 보여진다. 사고와 존재를 통일하려는 그의 시 말들은 구원의 기능을 가동하는 양태로 나타나며 그 양태는 '몸 안의 나'에서 '몸 밖의 나'로 이동하는 경로를 보여준다.

내가 한 점 먼지였을 때
그저 맨손뿐인 작은 외침이었을 때, 흔들림이 흔들림으로
침묵은 또 다른 침묵으로

소멸의 예감인 듯 켜켜이 쌓여서
투명한 빛깔들 내밀한 저쪽 소리에 귀 기울일 때
나는 생각의 이쪽에서 사각사각 시간을 지워갔었지

창밖은 온통 시간의 무덤뿐
들리지 않는 은하계 음파 같은
한사코 창가에 기대는 바람 소리 같은

그 겨울, 말라 터진 혓바닥으로 시공의 문을 열어젖히다가
별무리 도란거리는 썰물 근처
잠든 달빛 깨우는 세포들의 반란을 목도하다가

억겁 저 멀리 적요의 그늘

그리운 허상 하나 자리하기까지

싱싱하게 살아있는 거대한 침묵을 바라보기까지
— 「몸속의 우주」 전문

시인은 누구나 자신의 고통을 즐겨 작품으로 만든다. 시를 쓴다는 것은 섬세하게 고통을 지속해나가는 언어를 양상하는 일이다. "내면 가장 깊은 곳에서 스스로에게 말을 거는 것은 인간이 자신에게 줄 수 있는 가장 값진 선물이다"라고 한 바슐라르의 말처럼 스스로에게 던지는 독백의 언어야말로 구원의 언어이며 위로의 언어일 것이다. 자신을 성찰케 하는 그것은 '자아' 라는 시공을 뛰어넘어 '타아他我'로 전이되는 구원의 순기능이다.

"억겁 저 멀리 적요의 그늘// 그리운 허상 하나 자리하기까지/ 싱싱하게 살아있는 거대한 침묵을 바라보기까지" 시인은 무수한 시간을 지워나간다. 침묵하고 있던 내면이 타오르는 순간, 시간은 '누군가의 누군가'를 호명한다. 존재의 원천이 물끄러미 자신을 응시하는 놀라운 경험은 시인으로 하여금, 자기 안에 머물렀던 타아他我를 구현具顯하는 현실이 된다.

누군가의 어머니 아버지
누군가의 삼촌
환하게 웃고 있는 사진 속
누군가의 누군가를 만지고 또 만지는
누군가의 뼈,

꽃잎에 섞여 바삭거리며
누군가 울고 있는
누군가 떠나지 못하는
누군가 눈물의 글 남기는
누군가의 누군가가
잠시 머물다 떠난 그리운 땅
그리운 숲 그리운 하늘
한때 두근거리며 찾아갔던
누군가의 집
빗물에 젖어 정처 없이 걷던
이 지상 낮은 길들 죄다 젖어서
누군가를 마냥 그리워하는
양지공원 추모의 집 106실,
알 것만 같은 누군가의
누군가는.

– 「누군가의 누군가는」 전문

  '누군가의 누군가'는 '누구'인가? 이 시에서 드러나는 '누군가'는 '누군가의 누군가를 만지고 또 만지는/ 누군가의 뼈'로써, 뼈의 제유는 말하지 않아도 '알 것만 같은 누군가'이다. 그 '누군가'가 몸담고 있는 공간은 '잠시 머물다 떠난 그리운 땅'으로 지칭된다. 누군가 울고 있는, 떠나지 못하는, 여전히 남아 눈물의 글을 남기는 그 공간은 시적 화자의 공간이면서 현세이다.
  여기서 시인이 사용한 '누군가의 누군가'라는 표현에

주목할 필요가 있다. '누군가의 누군가'는 이 세상에 와서 잠시 머물다간 존재로 설명된다. 지구라는 별에 왔다가 떠난 '누구'이다. '누구'는 잘 모르는 사람, 막연한 사람을 가리키는 인칭 대명사지만 '누구'라는 익명의 존재성에 물음이나 추측의 의미를 나타내는 어미 '-ㄴ가'를 두 번 반복해 사용함으로써, 존재의 근원에 닿아있는 총체적 의미로 확장된다. 존재의 연대성, 존재의 영속성을 뜻하게 된다. 일상 언어생활에서는 명백한 의미 전달이 중요하지만 시의 언어가 애매성을 지닐 때, 핵심적인 의미와 더불어 풍부한 암시성을 포함한다. 때문에, 불특정 다수로도 한 개인으로도 읽을 수 있는 이 애매성(ambiguity)은 읽는 이의 정서를 환기시키는 중요한 역할을 한다. 결국, '누군가의 누군가'는 타자의 존재를 인식하는 행위이며, 타자 속에 또 다른 나를 낳는 명망名望의 눈을 지니는 동기가 된다.

「시인의 말」을 보면, 그동안 걸어온 길이 온전한 자아가 아닌 허상이었음을 고백한다. 온전한 자아를 찾으려는 명망의 눈은 허상인 자아를 죽임으로써 몸 밖의 우주, 현실을 향해 새로운 지점을 내딛는다.

　　삶의 껍질처럼

　　은하의 별들 무수히 쏟아져 내리는 거울 속

내 몸인 듯 이름 없는 허상 하나 뒤뚱거리며

세상 밖으로 걸어나가네

– 「시신이 되어」 부분

　세상 밖으로, 엄밀히 말하면 '자신' 밖으로 걸어나간 시인은 이제 신산했던 주변을 향해 따뜻하고 인간적인 눈길을 보내기 시작한다. '문밖에서 꽃집을 기웃'거리거나, '시장 모퉁이 화장실 들러/ 깊숙이 감춰둔 질긴 물건 조심조심 만져 보'거나, '쓰레기를 치우며' 일상적이고 보편적인 행위 속에서 '몸속의 우주'가 아닌 '몸 밖의 우주'를 감지해낸다. 이와 같은 따뜻한 시선은 세상을 향해 화해의 손길을 던지는 시인의 새로운 시작일 것이다. '소리가 소리를 무너뜨릴 때까지/ 썩은 내장 허물어질 때까지' 자신과 불화했던 순간의 흔적을 지운다. 이는 독백으로 시작된 구원의 형식이 '더는 아프지 않게' 적막에 파묻히는 무심의 차원에 다다랐음을 말한다.

　홀로 서 있고 싶은 거다
　넉넉하게 노을도 보고 별빛과도 대화하면서 은하계 저쪽 소식도 듣고 싶은 거다
　섬 가득 빽빽이 들어선 소나무처럼 키 재기 하는 소질은 없으니

그냥 놔달라는 거다 자꾸만 키 재기 하라면 어느 횟집
수족관 속에서 파닥이다가 침 흘리는 그분을 위해 탁, 피
흘려주고 싶은 거다

시원하게 한세상 살 수는 없는 건지
날이 갈수록 육신은 무디어져서 무능인지 무식인지 모르
는, 가야산 풍경소리인지 파도소리인지 자꾸만 헷갈리는

바람 소리 물소리 새들의 울음까지
땀에 젖은 축축한 옷깃까지

깊숙이 자리한 살들의 촉수처럼 안으로만 쌓여서
더는 아프지 않게

오래도록 적막에 묻히고 싶다는 것이다
                            —「무심에 대하여」전문


### 2.


김원욱 시인은 제주에서 나고 자랐으며 성장하여 일가
를 이른 후, 경찰로 복무하며 퇴직할 때까지 섬에서 섬
으로 떠돌았다. 생래적, 태생적, 운명적, 어느 면으로 보
나 섬사람일 수밖에 없다. 하지만 그 숙명을 벗어나려고
했던 적은 없는 것 같다.

섬이란 무엇인가. 장 그루니에가 그의 산문집 『섬』에서 말했듯, 손만 뻗으면 닿을 수 있는 곳, 열매처럼 열려 있는 곳이 '섬'일 터이다. 한편, "사람들 사이에 섬이 있다/ 그 섬에 가고 싶다"고 노래한 정현종 시인의 시처럼 섬은, 고독으로 점철된 인간 본연의 개연성을 의미하거나 그 때문에 인간 존재의 근원을 표방하는 상징이 되기도 한다.

김원욱 시인에게 있어 섬이란 고독과 외로움이 복선으로 깔려 있는 고립무원의 공간이다. 닫힘과 열림이 공존하는 불확실성이 매력적인 그 공간에서 그가 추구해왔던 것은 오로지 시詩이며, 시인으로 살아가고자 자발적으로 자신을 유폐했던 공간이기도 하다. '섬'으로 의장되어왔던 그의 내밀한 언어들은 이번 시집에서 '고통의 몸'이 아닌 '고통의 마음'으로 드러난다.

모스~~을,

넉넉한 어감 따윈 모른다 하자
제주들판 외진 곳
휑한
바람인가 하자

포~, 하고 한숨 뱉고 나면
섯알오름 휘감아 도는 비명인 듯

까마득한 날
큰 바다가 토해 낸 포말인 듯

세한도의 여백 묻어나는 이승 끝자락

스멀스멀 멀어져가는 신기루 같은 무을,
모슬포라 하자

－「모슬포」 전문

모슬포는 제주의 서남단에 있는 항구로, 바람이 몹시
심한 곳이다. 제주사람들은 그곳을 농담 삼아 '못살포'
로 부르거나, 거친 바람을 잘 견디는 그곳 사람들을 '대
정 몽생이(망아지)'라 부르기도 한다. 황량한 들판을 배경
으로 가진 모슬포 항구에서 임지인 마라도로 떠나는 시
적 화자(시인 자신이겠지만)의 모습이 유배지로 가는 듯
쓸쓸하다. 그래도 떠나야 한다고, 황한荒寒과 적막寂寞 속
에 사무친 고독을 한지에 그려 넣던 추사처럼, 마음을
다잡는 의지가 느껴진다.
'모슬포'리는 '넉넉한 어감' 대신 '모슬~~'과 '포'로 나
누어 발음하는 것은 시가 아니라면 불가능한 일이다. 시
인의 상상력이 만들어낸 어감 속에서 들숨과 날숨 같은
숨결을 느껴본다. 쓸쓸함과 비움이 느껴지는 서정의 숨
결이다. 서정시는 개인의 내적 감정을 충일함으로써, 대
상을 자아에 동일화하려는 구심적인 성격을 갖는데 더

욱 웅숭깊은 서정의 시를 보자.


　아무도 없는 섬에서 벌거숭이 내 몸을 보니 상처뿐이다
　아직 살아있는 것들은 봄이 왔다고 서로 물고 당기다가
싱싱한 원수原水처럼 솟아나는데
　지구의 모퉁이

　위태롭게 딛고 있는 두 다리, 가슴과 목울대까지

　섬이니까
　외로운 흔적은 아닐까
　내 안 깊숙이 겨울을 이겨낸 푸른 잎사귀라면 어쩔까

　아득한 날 가야산 자락 빛바랜 삶의 끝, 서러움이
　서러움을 넘어 그래도
　살아야 한다고
　든든히 서 있어야 한다고

　함박눈 내리는 흐린 날
　눈물도 이쯤이면 되겠지 자위하다가
　아무래도 섬이니까

　풍랑 속 세상은 온통 상처일 거라고
　금잔화처럼 흔들리는 거라고

내 몸 언저리마다 삐죽거리는 상흔,

그 내밀한 안쪽을 가만히 들여다보다가
─「금잔화」 전문

서정 시인이 대상과 접속하여 그것의 의미를 변화시키는 것은 자아의 정서를 활성화하기 위해서지만, 김원욱 시인은 금잔화의 이미지에 섬 이미지를 접속시킴으로써, 정서의 강도强度를 변화시킨다. 금잔화─섬─시적 자아로 환기되는 이미지는 그래서 애틋함이 더욱 돌올하다.

어느 외딴 섬의 금잔화를 보았음인가. 금잔화도, 나도, '외로운 흔적'을 지닌 존재기에 섬이다. 외로우니까, 서러움으로 서러움을 넘을 수밖에 없다. 하지만, '내 몸 언저리마다 삐죽거리는 상흔,// 그 내밀한 안쪽을 가만히 들여다 보'는 또 다른 자아가 있다. 구원의 주체성이 다른 사람이 아닌 자신에게 있다는 터득의 발현은 '섬에 들어' '파도의 긍정을 엿보다가' 섬이 된 시인들과 즐거운 추억을 나누는 등, 섬을 점차 열림의 공간으로 변모시키는 다양한 모습을 보여준다.

한림항 떠난 비양호,
내 삶을 가르듯
바다의 한복판을 질주한다.

노래미 어랭이 고등어 한치
비양호 꽁지를 따라간다.
가끔 은비늘 번쩍이는
멸치 떼, 뱃전에 치여 폭발한다.
억천만겁 발광하던 무리들 흩어지며
반짝반짝 노을 건너
성큼 다가서는 13분,
형체도 없이 흩어지는 나로호의 잔해인 양
비양포구 안팎에서 한사코 스러지는
하루살이 떼,
큰 세상에 들어 빙빙 원을 그리다가
뱃전에 부딪히다가
너울너울 바다의 심연으로 가라앉는
물비늘,
이때 방파제 위로
던져지는 닻줄,
찰나의 삶도 숨죽인 듯
물속으로 툭 하고 내던져진다.
노을 건너 성큼 다가서는 13분,
나의 삶이 기우뚱
한림항 불빛 속으로 튀어 오르고
노래미 어랭이 고등어 한치
바다 가득 물비늘 반짝인다.

                              − 「물살을 가르며」 전문

"서러운 이름들/ 뱃길 끊기고 나면/ 남아있는 것들끼리 몸 비비며 꿈을 꾸듯/ 파도소리에 귀를 여는"(「마라도에 서면」) 시인은 이제 "큰 세상에 들어 빙빙 원을 그리다가/ 뱃전에 부딪히다가/ 너울너울 바다의 심연으로 가라앉는/ 물비늘"처럼 '봄!, 검멀레의 봄, 게메마씀, 하루방어디 이수꽈'와 같은 제주 언어의 심해 속으로 자맥질하기 시작한다. '생채기만 남은 검멀레 외진 들녘 굼뜬 풋나물, 성긴 햇살에 도톨도톨 말려서 되새김질하는 늙은 암소의 거친 엉덩짝 같은' 제주 말을 통해 '고통의 마음'을 치유하기 시작한 것이다.


3.


사람들은 저마다 가슴에서 씻어내고 싶은 고통스러운 '그 무엇'을 가지고 있다. 그것은 과거에 생겨나 미처 해결되지 못한 상처들이다. 심리학적 용어로 말하자면 트라우마(trauma)라 불리는 '그 무엇'은 일생을 뒤 따라다니며 다양한 모습으로 삶을 간섭하기도 한다. 이때, 우리의 무의식은 기억, 꿈, 환각으로 재현되는 상처에 대해 무수한 상像을 만들어낸다. 다음은 이러한 상이 만들어낸 사모곡思母曲이다.

    먼지 쌓인 재봉틀 돌아가는 소리

떨리는 선반 위

헌 고무신 한 짝

―「빈집」 전문

어머니,
집으로 돌아가고 싶다던 말

눈물 밥 말아 먹던

위미교회와 서광사, 그 옆 태룡민박

―「에덴요양원」 부분

깊은 고통은 침묵으로 존재하는 것, 그 이미지는 시인의 눈과 귀에 고스란히 남아 선명한 감각을 재현한다. 시집 속에서 보이는 사모곡思母曲들은 아픈 마음을 구원하기 위해 스스로에게 던지는 자발적 이미지들이다.

'떠도는 달'의 이미지 역시 그러한 삶의 파편들이라 볼 수 있다. 달 이미지는 상처로 덮인 시적 자아自我의 모습이지만 표현의 측면에서 보면, 시적 진술보다 시적 묘사에 치중한 까닭에 상처의 내역은 자세히 드러나지는 않는다. 시 속의 화자는 말을 축약한다. "빚쟁이에 쫓겨 무작정 찾아간 낯선 땅, 거처할 곳 찾아 성城 안을 돌아다니다가 비명에 젖은 촉석루, 서슬 푸른 꽃잎 바라보다가

// 막다른 남강 변"(「떠도는 달 1」)에서 보듯, 독자는 고통에 압도된 시말들을 통해 발성화된 언어보다 더 심오한 깊이로 속삭이는 신음을 들을 뿐이다.

왜 저리 온몸 드러내놓고

우주의 중심으로 기울어 가는지

섬 가득 밀물,

허물어지네
> — 「추석, 달 가네」 부분

다시는 안 보려고 마음먹었던 관계를 허물어뜨리는 건, 밀물 같은 눈물이 있기 때문이다. 지구를 중심으로 떠도는 달처럼, 원심력을 지녔던 자신의 삶을 생각하며 회오의 눈물을 흘렸을 시인은 이제 고통이 가진 힘으로 슬픔의 도정道程을 걸어온 모든 이들에게, 무엇보다 자신에게 사랑의 말을 던진다.

지상의 환한 것들
꽃등 밝히며
아픈 것들끼리 고운 빛 모아 살아가는
꽃잎을 보겠네

아득히 하늘이 어두워질 때
저편의 일들이 꿈인 듯 되살아나고
화로 속에 무심히 들앉아 쿨럭쿨럭 기침하는 뼈,
그리운 뼈들에게
알 것만 같은 손짓들에게 사랑한다, 말했네
– 「어느 꽃잎에 묻히던 날」 부분

이는, 성찰과 자성의 시간을 지나왔던 시인이 불화했던 세계와 화해했음을 의미한다. "내 안 깊숙한 밑동까지 밟아 내려가는/ 발걸음 소리 듣다가"(「달팽이」) "부끄러웠던 지난 날/ 죄다 꺼내놓고"(「젤라의 꽃에게」) "은하銀河의 음습한 내장과 실핏줄을 지나"(「가을, 뒤란으로 오시다」) "생각을 비워버리는/ 생각을 생각"(「단풍에 기대어」)하는 동안, 관계의 본질을 회복한 시인이 도달한 곳은 과거겠지만 미루어 짐작건대, 시를 쓰는 동안 시인은 '지나간 모든 것은 아름답다'는 위로를 스스로에게 던졌을 것이다. '구원의 문학'으로서 자기 목적성을 실현하는 순간이다.

4.

구도자처럼 시를 쓰는 시인에게 있어, 고통은 오히려 용광로 속의 불길처럼 타오르는 시의 질료가 될 터이다.

고통은 모든 생명체 속에 존재한다. 생명체 상호 간의 인내와 조화를 요구하며 공존의 근거가 된다. 다음 시를 보자.

알아, 그대 살아 있음은
매서운 파도와
서걱이는 울음소리 때문이었을 거야
흐린 눈 말갛게 닦인 채
빗물로 흐르거나
숭숭 뚫린 돌담 사이로 날을 세워 흐르다가
그리운 하늘
그리운 들판에 다시 태어나거나
그래 알아,
섬 가득 푸르름이 일렁이는 날
눈부신 기쁨으로 흔들리는 우리
뜨거운 내 안에서 솟아나던
그 억새

– 「억새에게」 전문

억새에 자신을 투사한 시인은 이러한 상호 간의 인내와 조화에 기여하는 쓸모로부터 고통을 이길 힘을 갖게 된다. "알아, 그대 살아 있음은/ 매서운 파도와/ 서걱이는 울음소리 때문이었을 거야" 승화된 고통의 힘으로 긍정적 에너지로 갖게 된 시인은 세상을 향해 위무의 손길을 던진다. "그래 알아,/ 섬 가득 푸르름이 일렁이는 날/

눈부신 기쁨으로 흔들리는 우리/ 뜨거운 내 안에서 솟아
나던/ 그 억새"로 존재하게 된 것이다. 시인은 이제 보이
지 않던 세계를 봄으로써, 미망迷妄의 눈을 열고 세계와
합일되는 순간을 예감한다.

눈이 내렸나

집 건너 경찰서, 그 너머 문예회관

바다 한쪽 가로막은 빌딩들까지 누가

미망의 창을 닦아놓았나
                              −「새벽을 바라보며」 전문

제주 어디에서나 볼 수 있는 먹쿠슬낭처럼, 시의 그늘
속에 안주하는 자신의 존재가 결코 허망하지 않음을 예
견한다. 어린 시절부터 써 왔던 시의 열매들이 주머니
속에 가득하기 때문이다.

위미爲美 우친내, 어린 한때 몸 들었던 초가 담장 옆

먹쿠슬 열매 떨어질 때마다 주머니 가득 파도소리 주워
담던 그날처럼 하늘 가까이 걸려 있는 한라산, 저 눈 녹으
면 푸르르르

이파리 돋아나고 큰 바다 일어서서 오겠지

―「먹쿠슬낭」 전문

쉽게 정의되지 않는 시의 본질을 독자적 언어와 세계
를 품은 초월적 존재라고 한다면, 초월적 존재와 합일되
려고 노력하는 김원욱의 시들은 구원의 서정으로 쓰여
진 노래이며, 고통으로 고통을 승화시킨 울음인 점에서
미학적 가치를 획득한다. 시의 내부에서 뿜어져 나온 뜨
거운 혼은 그가 억지로 시를 만들지 않는 진정한 시인임
을 증명한다. 그는 이제 스스로 몸을 가두는 파도의 울
음이 아니라 수평선처럼 타자의 고통을 안으려 한다. 그
진정성이 "주머니 가득 파도소리 주워담던 그날"처럼 더
많은 열매를 맺기 바라면서, 이파리 돋아나고 큰 바다
일어서듯 '몸속의 우주에서 몸 밖의 우주'로 확장되는 시
세계가 어디에 가 닿을지 다음 시집이 기대되는 바이다.